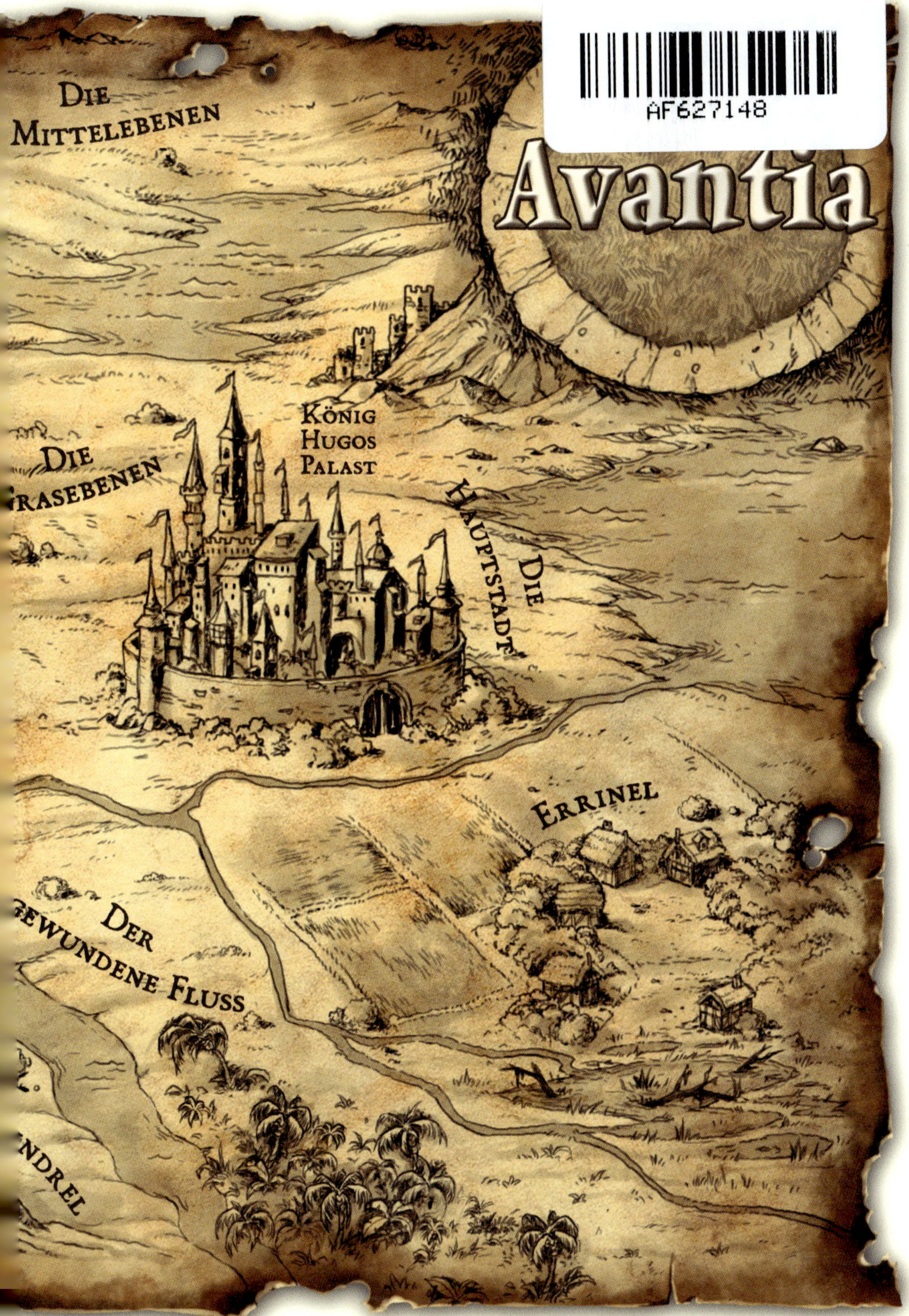
Avantia
Die Mittelebenen
König Hugos Palast
Die Grasebenen
Die Hauptstadt
Errinel
Der Gewundene Fluss

Alle *Beast Quest Legend*-Abenteuer:

Band 1: Ferno, Herr des Feuers
Band 2: Sepron, König der Meere
Band 3: Arcta, Bezwinger der Berge
Band 4: Tagus, Prinz der Steppe
Band 5: Nanook, Herrscherin der Eiswüste
Band 6: Eposs, Gebieterin der Lüfte
Band 7: Zefa, Gigant des Ozeans
Band 8: Clark, Riese des Dschungels

Adam Blade

Beast Quest
LEGEND

Zefa
Gigant des Ozeans

Aus dem Englischen
übersetzt von Petra Wiese

Illustriert von Tobias Goldschalt

Band 7

Loewe

Mit besonderem Dank an Cherith Baldry

Für Rachel Leyshon

FSC www.fsc.org MIX Papier aus verantwortungsvollen Quellen FSC® C109273

ISBN 978-3-7432-0770-7
Überarbeitete Neuausgabe des Titels
Beast Quest – *Zefa, Gigant des Ozeans*
1. Auflage 2020
Für die deutschsprachige Ausgabe:

erschienen unter dem Originaltitel *Zepha the Monster Squid*

Erschienen in der Originalserie *Beast Quest*™.
Aus dem Englischen übersetzt von Petra Wiese
Umschlagillustration: Helge Vogt
Innenillustrationen: Tobias Goldschalt
Umschlaggestaltung: Michael Dietrich
Printed in the EU

www.beastquest.de
www.loewe-verlag.de

Inhalt

Es ist nicht vorbei!

Denkt ihr wirklich, dass ich nach
einer Niederlage einfach so verschwinde?
Nein! Niemals! Ich bin der mächtige
Magier Malvel und die Bewohner von Avantia
werden noch vor mir erzittern. Ich werde mich
am Königreich rächen. Und als Erstes an
einem Jungen namens Tom.

Er hat die sechs Biester von meinem Fluch erlöst,
aber der Kampf ist nicht zu Ende.
Wartet ab, wie es ihm auf seiner neuen
Mission ergehen wird. Tom und seine Freundin
Elenna treffen auf harte Gegner!

Ich habe sechs neue Biester erschaffen, die böse Herzen haben: Monster-Tintenfisch, Riesenaffe, Steinbeschwörerin, Schlangenmann, Spinnenkönig und dreiköpfiger Löwe. Jedes Biest hütet für mich einen Teil des wertvollsten Heiligtums von Avantia: die Goldene Rüstung. Ich habe sie gestohlen und über das ganze Land verteilt. Wenn der rechtmäßige Erbe sie trägt, erhält er magische Kräfte. Doch Tom wird sie niemals bekommen! Diesmal hat er verloren!

Malvel

Im Palast

König Hugos Waffenmeister hielt auf der untersten Treppenstufe inne und lauschte zufrieden dem Fest. Aus dem großen Saal über ihm hörte er Musik und fröhliche Stimmen.

„Gott sei Dank", dachte er. „Der böse Magier Malvel ist besiegt und das Königreich Avantia wieder sicher."

Nachdem er einen gemauerten Gang entlanggegangen war, blieb er vor einer großen

Holztür stehen. Dann zog er einen goldenen Schlüssel aus der Tasche. Er ließ sich ohne Probleme im Schloss drehen. Nun drückte der Mann die Tür auf, trat in die Waffenkammer und verriegelte sie von innen. Währenddessen steckte ein Frettchen den Kopf aus seiner Jackentasche und blickte neugierig zu ihm auf.

„Da wären wir“, murmelte der Waffenmeister und streichelte das Tier. „Jetzt kommt hier niemand mehr rein oder raus.“

Brennende Fackeln steckten in Eisenhaltern an den Wänden und warfen flackernde Schatten auf die Steinmauern.

Auf einem Holzgestell in der Mitte des Raums hing eine goldene Rüstung. Ihr beeindruckender Helm war wie ein Adlerkopf geformt. Selbst das Visier sah aus wie ein Vogelschnabel. In das Metall waren unzählige Federn eingeritzt. Das goldene Kettenhemd wurde von einem sehr schönen Brustpanzer bedeckt, der im Fackelschein glänzte. Und auch die Beinschützer, Panzerhandschuhe und Ritterstiefel funkelten im Licht des Feuers.

Voller Bewunderung ging der Waffenmeister um die Rüstung herum und überprüfte sie. Dabei zog er ein Stofftuch hervor, um etwas Staub vom Brustpanzer wegzuwischen.

„Seit zwanzig Jahren kümmere ich mich um diese Rüstung", sagte er. „Als ich sie zum ersten Mal gesehen habe, stockte mir der Atem. Und weißt du was?" Er kitzelte das Frettchen am Ohr. „Das geht mir heute noch so!"

Das kleine Tier quietschte vergnügt.

„Sie ist das kostbarste Heiligtum von Avantia. Wir müssen aufpassen, dass die Rüstung so hell leuchtet wie an dem Tag, als sie geschmiedet wurde", fuhr er fort. „Sein rechtmäßiger Besitzer kann jeden Augenblick kommen." Er strich mit dem Tuch über den

glatten Helm. Dann bückte er sich, um die goldenen Beinteile der Rüstung zu putzen.

Plötzlich quiekte das Frettchen aufgeregt. Es schlüpfte aus der Tasche des Waffenmeisters und kroch in einen Mauerspalt.

„Komm zurück!", rief der Mann. „Was ist bloß mit dir los?"

Noch während er sprach, fingen die Schatten im Raum an, heftig zu zucken. Sie sprangen vor und zurück, wirbelten über den Boden und an den Mauern entlang.

Dann spürte er etwas an seiner Wange, das sich wie Samt anfühlte.

Erstaunt richtete er sich auf und sah sich um. „Das sind keine Schatten", sagte er überrascht. „Das sind Fledermäuse!"

Plötzlich schwirrten lauter schwarze Flügel um ihn herum. Winzige Krallen zerkratzten ihm Gesicht und Hände und verfingen sich in seinem Haar.

„Nein!"

Er stieß einen erstickten Laut aus und schlug verzweifelt um sich, um die Tiere zu vertreiben. Aber jetzt kam ihm ein ganzer Schwarm von Fledermäusen entgegen. Erschrocken starrte er auf

ihre verzerrten Gesichter und die scharfen Zähne. Kleine Augen funkelten ihn böse an. Voller Panik wich der Waffenmeister zurück, während sich immer mehr Fledermäuse durch die Ritzen der Mauer zwängten und ihm beinahe die Luft zum Atmen nahmen. Schon bald war die goldene Rüstung von Fledermäusen vollständig bedeckt. Entsetzt stöhnte der Meister auf. Er wollte sich auf die Rüstung stürzen, um sie zu beschützen. Aber seine Knie gaben nach und er fiel zu Boden.

„Aufhören!", keuchte er. „Hilfe! Hilfe!"

Doch es war zu spät. Immer mehr Fledermäuse zerrten an seinen Haaren und bedeckten ihn mit ihren Flügeln. Er hatte Angst, er-

sticken zu müssen.
Hilflos starrte er auf die Rüstung, die nun von dem Fledermausschwarm fortgetragen wurde. Nur das Holzgestell stand noch an seinem Platz.

Dann wurde es um den Waffenmeister dunkel.

Verschwunden!

Tom stand neben einer Säule im großen Festsaal von König Hugos Palast. Er sah von Weitem zu, wie die Bewohner Avantias das erfolgreiche Ende seiner Mission feierten. Tom hatte gegen die sechs Biester von Avantia gekämpft und sie von einem schrecklichen Fluch befreit. Der böse Magier Malvel hatte sie verzaubert, um das Königreich zu zerstören. Doch jetzt beschützten Feuerdrache Ferno, Seeungeheuer Sepron, Bergriese Arcta,

Pferdemann Tagus, Schneemonster Nanook und Flammenvogel Eposs Avantia wieder, statt es zu bedrohen. Das Königreich erholte sich von den Verwüstungen. Ausgelassen tanzten die Menschen in der großen Halle. Zufrieden saß König Hugo auf seinem Thron.

Aber Tom konnte nicht bei dem Fest mitfeiern. Seit er Malvel hoch oben im östlichen Gebirge das letzte Mal gesehen hatte, begleitete ihn ein merkwürdiges Kribbeln. Zwar versuch-

te er sich zu beruhigen und sagte sich, dass Malvel in den brodelnden Vulkan gefallen und gestorben war. Doch er konnte einfach nicht vergessen, was der Magier kurz vor seinem Verschwinden gerufen hatte: „Dies ist nicht das Ende, Tom! Wir werden uns wiedersehen!"

Außerdem ging ihm die merkwürdige Kapuzengestalt einfach nicht aus dem Kopf, die er in der jubelnden Menge entdeckt hatte, als er von seiner Mission zurückgekehrt war. Falls der böse Magier tatsächlich noch lebte, würde er sich für seine Niederlage fürchterlich an ihm rächen.

Bei diesem Gedanken schauderte Tom. Er wünschte, sein Vater, Taladon der Flinke, wäre bei ihm. Taladon war früher Ritter gewesen und selbst auf eine Mission gegangen. Nur er konnte wissen, wie Tom sich fühlte. Aber seit vielen Jahren hatte ihn niemand mehr gesehen. Doch Tom war sich sicher, dass er seinem Vater eines Tages wieder begegnen würde.

Auf einmal legte jemand sanft seine Hand auf Toms Schulter. Er drehte sich um. Es war Elenna. Sie hatte ihm immer beigestanden und war ihm während der Mission nicht von der Seite gewichen.

„Was ist, Tom?", fragte sie. „Du siehst besorgt aus."

Tom schüttelte den Kopf. „Ich weiß nicht … Ich denke immer wieder an den letzten Satz, den Malvel zu mir auf dem Vulkan gesagt hat."

„Malvel ist tot", entgegnete Elenna bestimmt. „Um ihn brauchen wir uns keine Sorgen mehr zu machen.“ Sie nahm Toms Hand und zog ihn mit sich auf die Tanzfläche. „Vorhin habe ich im Stall vorbeigeschaut. Dein Pferd stopft sich mit den besten Äpfeln voll, und sieh mal

unter den Tisch dahinten – Silver geht es auch ziemlich gut."

Lächelnd sah Tom zu dem Wolf hin, der zufrieden an einem großen Knochen nagte. Seine Laune besserte sich ein wenig, als er daran dachte, dass sein Hengst Storm ebenfalls sehr gut versorgt war.

Da gesellte sich Aduro zu ihnen. Er war Zauberer an König Hugos Hof und gleichzeitig sein wichtigster Ratgeber. Ohne den Zauberer hätten Tom und Elenna ihre Mission niemals erfolgreich bestanden, denn in den schwierigsten Momenten hatte er ihnen geholfen und Mut gemacht. Heute trug er ein prächtig besticktes Gewand und in der Hand hielt er einen Holzstab, der auf Hochglanz poliert war. Tom verneigte sich und Elenna machte einen Knicks.

„Gefällt euch das Fest?", fragte Aduro.

„Ja, es ist wunderschön!", antwortete Elenna strahlend.

„Ich würde euch gerne etwas zeigen. Dazu müssen wir in den Palastkeller gehen", sagte Aduro.

„Etwas Gefährliches?", fragte Tom alarmiert.

Aduro schüttelte den Kopf und lachte. Tom wurde klar, dass sogar der königliche Berater davon ausging, dass Malvel endgültig besiegt worden war.

„Aber nein", erwiderte der Zauberer. „Ich habe eine Überraschung für dich, Tom."

Tom und Elenna folgten ihm durch eine kleine Tür am Ende des Saals. Dann gingen sie mehrere Treppen hinab, bis Aduro vor einer großen Holztür hielt.

„Seltsam", sagte der Zauberer. „Der Waffenmeister des Königs sollte hier auf uns warten. Er hat sich noch nie verspätet. Wo mag er sein?"

„Vielleicht ist er schon drin?“, meinte Elenna.

Aduro drückte die Klinke runter, aber die Tür ging nicht auf.

„Abgeschlossen“, murmelte der Zauberer. „Vielleicht …“

Er schwieg, denn hinter der Tür war plötzlich ein lautes Stöhnen zu hören.

„Das klingt, als sei jemand verletzt“, rief Tom.

Der Zauberer klopfte mit seinem Stab gegen das Schloss und befahl: „Öffne dich!“

Das Schloss klickte und die Tür sprang auf. Ein alter Mann lag auf dem Boden und ein ängstliches Frettchen stupste ihn an. Der Mann wollte aufstehen, aber er sackte kraftlos zusammen. Er sah blass aus, seine Jacke war zerrissen und Gesicht und Hände waren von Kratzern übersät. Tom half ihm, sich hinzusetzen.

„Aduro, kannst du einen Krug Wasser herbeizaubern?", bat Elenna.

Aber der Zauberer starrte wie gelähmt auf ein Holzgestell, das mitten im Raum stand. Er schien Elennas Bitte nicht gehört zu haben.

Tom sprang auf. „Was ist los?", fragte er.

Aduro drehte sich zu ihm um. „Es ist etwas Schreckliches passiert", sagte er heiser. „Die Goldene Rüstung ist verschwunden!"

Eine neue Mission

„Was ist geschehen?“, fragte Aduro, als er sich neben den verletzten Mann kniete.

Der Waffenmeister keuchte. „Fledermäuse“, flüsterte er. „Der ganze Raum war voller Fledermäuse. Sie haben die Rüstung gestohlen.“ Er bedeckte sein Gesicht mit beiden Händen. „Ich habe versagt und den König enttäuscht!“

Aduro legte eine Hand auf die Schulter des alten Mannes. „Nein, mein Freund. Hier waren böse Kräfte am Werk." Aduro stieß seinen Stab dreimal auf den Boden.

Einen Augenblick später hörte Tom Schritte auf dem Gang und zwei Diener erschienen.

„Tragt den Meister in sein Zimmer und holt König Hugos Heiler!", befahl Zauberer Aduro.

Die Diener hoben den Mann vorsichtig auf. Elenna schnappte sich das Frettchen und gab es dem Waffenmeister.

Kaum waren die Diener weg, sagte Tom: „Das war mit Sicherheit Malvel! Also lebt er doch noch!"

Aduro nickte ernst. „Ich fürchte, du hast recht."

„Von welcher Rüstung hat der Waffenmeister gesprochen?", fragte Elenna.

„Die Rüstung sollte Tom bekommen", erklärte Aduro. „Früher gehörte sie dem Meister der Biester. Aber dir, Tom, könnte sie magische Kräfte verleihen, du bist ein würdiger Erbe."

Tom war verblüfft. „Erbe? Ich bin doch gar nicht mit dem Meister verwandt. Außerdem hast du erzählt, dass der Meister lange vor meiner Mission gefangen genommen wurde. Wieso ist die Rüstung dann hier gewesen?"

Aduro seufzte. „Vor vielen Jahren war er zum Neujahrsfest eingeladen. Doch statt des Meisters erschien die leere Rüstung im großen Festsaal, als die Adeligen Platz nahmen." Der Zauberer hielt kurz inne. „Malvel hatte den

Meister gefangen genommen und die Rüstung geschickt, um König Hugo und mich zu verspotten. Aber damals ahnte ich, dass die magischen Kräfte der Rüstung immer noch wirken würden, wenn der Richtige sie trüge. Er müsste mutig und tapfer und davon überzeugt sein, Malvel die Stirn bieten zu können … Ich denke, du bist der Richtige, Tom."

Tom fehlten die Worte. Er konnte sich nur schwer vorstellen, dass er der Auserwählte sein sollte. Aber er würde jederzeit alles geben, um Avantia zu beschützen.

Ungeduldig schritt der Zauberer in dem kleinen Raum auf und ab. „Weil deine Mission erfolgreich war, hat Malvel erkannt, dass du eine große Gefahr für ihn bist. Er konnte sich niemals vorstellen, dass irgendjemand alle sechs Biester von ihrem Fluch befreien würde.

Deswegen hat er die Rüstung gestohlen. Er will dich davon abhalten, sie zu tragen. Denn dann könntest du magische Kräfte bekommen, gegen die er nichts ausrichten kann."

„Aber sie würde mir doch sowieso nicht passen." Tom schätzte die Größe des Holzgestells ab. „Sie muss für einen Erwachsenen angefertigt worden sein."

„Die Rüstung schrumpft oder wächst, je nachdem, wer sie trägt", erklärte Aduro. „Sie weiß, wer sie verdient hat."

„Wir müssen sofort etwas unternehmen!" Elennas Augen funkelten zornig. „Wir können Malvel doch nicht ungestraft davonkommen lassen!"

Tom nickte den beiden entschlossen zu. „Lasst uns herausfinden, was wirklich mit der Rüstung geschehen ist."

Aduro schwang seinen Stab durch die Luft. Wie aus dem Nichts erschien ein Bild.

Elenna und Tom sahen mehrere Fledermäuse. Die Tiere trugen die einzelnen Teile der Rüstung in verschiedene Richtungen davon. Auf einmal hörte Tom das gemeine Lachen von Malvel durch den Raum hallen. Dann verblasste das Bild wieder. Als es weg war, seufzte Aduro.

„Es ist schlimmer, als ich befürchtet hatte. Malvels Fledermäuse haben die Rüstung über das ganze Königreich verstreut.“ Er blickte Tom ernst an. „Bist du so kurz nach deiner letzten Mission schon wieder bereit für eine neue? Kannst du alle Teile der Rüstung finden, sie zurückbringen und zusammenfügen?“

Tom richtete sich auf. „Ja, ich tue alles für Avantia, was in meiner Macht steht.“

„Wo Tom hingeht, da gehe ich auch hin!", ergänzte Elenna entschlossen.

Aduro lächelte erleichtert. „Ich danke dir, Elenna. Ich weiß, dass ihr zusammen genug Mut habt. Meine magische Landkarte wird euch zeigen, wohin ihr gehen müsst. Ich hole sie, während ihr euch am besten für die Reise fertig macht. Wir treffen uns bei den Pferdeställen."

Tom eilte in sein Zimmer, warf sein wollenes Hemd über und zog feste Stiefel an. Dann legte er seinen Gürtel um und steckte sein Schwert ein. Zuletzt griff er seinen Schild mit den sechs magischen Geschenken der befreiten Biester: Fernos

Drachenschuppe schützte ihn vor Feuer und Hitze, Seprons Zahn vor Wasserfluten, Arctas Adlerfeder bewahrte ihn vor Stürzen aus großer Höhe und Nanooks Glocke vor extremer Kälte. Das Stück aus Tagus' Hufeisen

verlieh Tom unglaubliche Geschwindigkeit und die Kralle von Eposs konnte Wunden heilen. Diese sechs magischen Dinge würden ihm hoffentlich genügend Kraft für seine Mission geben.

Auf dem Weg zu seinem Pferd traf er Elenna und Silver.

„Ich habe was vom Festessen mitgenommen“, sagte Elenna.

„Prima, dass du an Essen gedacht hast", erwiderte Tom und lächelte.

Aduro wartete bereits im Pferdestall, wo Storm schon von einem Knecht gesattelt worden war.

„Hier ist die magische Landkarte." Der Zauberer reichte Tom eine Rolle aus Pergament. „Bewahre sie gut auf! Sie wird euch eine große Hilfe auf der Reise sein. Aber seid vorsichtig. Malvels Magie ist offenbar immer noch stark. Und vor allem ist er sehr wütend."

„Vor Malvel habe ich keine Angst", sagte Tom und legte seine Hand auf den Schwertgriff.

Storm schnaubte und schlug mit den Hufen auf den Boden, während Silver zustimmend bellte.

Tom stieg auf und Elenna schwang sich hinter ihm aufs Pferd.

„Lebt wohl!", rief Aduro. „Viel Glück!"

Dann befahl er den Palastwachen, das Tor zu öffnen.

Tom packte die Zügel und Storm trabte los. Silver folgte ihnen.

„Ich bin bereit", dachte Tom. „Solange Blut in meinen Adern fließt, werde ich alles tun, um meine Heimat zu beschützen."

Malvels Warnung

„Ich bin froh, dass du bei mir bist", sagte Tom zu Elenna, als sie sich vom Palast entfernten. „Ich weiß, dass wir es gemeinsam schaffen werden."

„Silver und Storm sind ja auch noch da", meinte Elenna. „Und vergiss die befreiten Biester nicht. Es ist ihre Aufgabe, Avantia zu beschützen. Wir können sie jederzeit bitten, uns beim Kampf gegen Malvel zu helfen."

„Richtig", erwiderte Tom.

Sie folgten der Straße, die an Äckern entlangführte. Auf den Wiesen grasten friedlich Kühe und Schafe. Dazwischen wuchsen einige Bäume und die Nachmittagssonne schien auf den Weg.

Bald kamen sie an eine Kreuzung. Tom hielt Storm an und zog Aduros magische Landkarte hervor. Als er sie entrollte, leuchtete ein roter Pfad auf, der zur Küste führte.

„Das ist doch die Richtung, die zu Sepron, dem König der Meere, führt", stellte Elenna fest.

„Dann wissen wir zumindest, wo wir hinmüssen", meinte Tom zuversichtlich.

Er rollte die Karte zusammen, steckte sie in die Satteltasche und trieb Storm an.

Dann ritten sie eine schmale Straße entlang und einen Hügel hinauf. Tom bemerkte, dass auf einmal ein kühler Wind wehte. Er blickte hoch. Plötzlich sah er schwarze Punkte über sich, die hin und her flatterten. Tom erinnerte sich an das magische Bild, das Aduro ihnen gezeigt hatte. „Fledermäuse!", rief er.

„Ich dachte, Fledermäuse seien nur nachts unterwegs", sagte Elenna.

„Malvel kann sie anscheinend jederzeit fliegen lassen", erwiderte Tom angespannt.

Er nahm Storms Zügel in die linke Hand und griff mit der anderen nach seinem Schwert – bereit, es bei Gefahr zu ziehen.

Auch die Tiere waren nervös. Der Hengst warf den Kopf hoch, sodass das Zaumzeug klirrte. Silver bellte wütend zum Himmel hinauf.

Die Fledermäuse flogen immer tiefer, bis sie schließlich Tom und Elenna dicht umschwirrten. Tom klopfte beruhigend Storms Hals, als dieser laut schnaubte. Vergeblich schnappte Silver nach den Tieren.

Tom und Elenna mussten sich ducken, um den Krallen auszuweichen. Mit Storm davonzugaloppieren, war auf dem holprigen Weg zu gefährlich. Verzweifelt zog Tom sein

Schwert und schlug immer wieder nach den Fledermäusen. Diese flatterten davon und bildeten eine große Kugel.

„Was soll denn das sein?", fragte Elenna erstaunt.

Allmählich veränderte die Kugel ihre Gestalt. Tom durchfuhr eisiges Grauen, denn er erkannte den Mann mit der Kapuze, der ihn damals auf dem Vulkan ausgelacht hatte.

„Malvel!“, rief Tom.

Die vielen Fledermäuse formten sich zu dem Kopf des bösen Magiers. Mittlerweile bedeckte sein Gesicht fast den ganzen Himmel über ihnen. Tom sah den verzerrten Mund, aus dem lautes Gelächter kam. Malvels Stimme dröhnte überall um sie herum. „Hoffentlich freut euch diese kleine Überraschung. Ihr seid Narren, wenn ihr glaubt, ihr könntet mich bezwingen!“

Tom hielt sein Schwert hoch. „Wir werden dich besiegen. Jedes einzelne Teil der Rüstung, das du gestohlen hast, werden wir finden. Nichts wird uns aufhalten!“

„Nichts? Nicht einmal die sechs neuen teuflischen Biester mit den bösen Herzen? Biester, die ich selbst erschaffen habe!“

Einen Augenblick lang schwieg Tom vor

Schreck. Silver knurrte die vielen Fledermäuse an.

„Neue Biester?“, rief Elenna. „Was meinst du?“

„Das werdet ihr herausfinden, sobald ihr Zefa trefft. Dann lauft ihr bestimmt vor Angst nach Hause!“, dröhnte Malvel.

„Niemals!“, schrie Tom laut. „Du kannst alle möglichen Biester herbeizaubern, aber wir werden sie bekämpfen. Ich werde Avantia beschützen!“

Bei dem beängstigenden Gedanken, sechs neue Biester besiegen zu müssen, zog sich Toms Magen zusammen.

Dann zerstreuten sich die Fledermäuse und Malvels Gesicht fiel auseinander.

Tom steckte sein Schwert zurück. Ihm war immer noch mulmig zumute. Auch Elenna sah blass und erschrocken aus. Selbst Storm zitterte und Silver hatte den Schwanz eingeklemmt.

„Lass uns einen Platz suchen, wo wir uns ausruhen können!“, schlug Tom vor und versuchte, seine Stimme fest klingen zu lassen. „Diese Begegnung müssen wir erst mal verdauen. Außerdem wird es bald dunkel.“

Elenna nickte zustimmend. Sie stiegen ab und liefen zu einem kleinen Wald, der nicht weit von der Straße lag. Dort glänzte ein Teich zwischen den Bäumen, die am Fuß eines felsigen Abhangs wuchsen. Während Tom sein Pferd absattelte, sammelte Elenna Feuerholz. Als sie später in die Flammen blickten, vergaßen sie allmählich ihre Angst.

Elenna packte das Essen aus, das sie von

dem Fest mitgenommen hatte. Sie reichte Tom etwas Brot und kaltes Huhn. „Warum hat Aduro uns eigentlich nicht vor diesen neuen Biestern gewarnt?“, fragte sie.

„Vielleicht wusste er nichts von ihnen“, vermutete Tom. „Diese Mission ist anders als die letzte. Wir können uns wohl nicht darauf verlassen, dass Aduro uns immer hilft. Diesmal sind wir ganz allein.“

Elennas Augen funkelten. „Das schaffen wir schon", sagte sie entschlossen.

Als sie satt waren, legten sie sich neben die Glut des Lagerfeuers. Tom starrte nach oben.

Er sah zum Glück keine Fledermäuse. Doch trotzdem ahnte er, dass dort draußen irgendetwas war, das noch viel gefährlicher war als Malvels Fledermäuse.

Es dauerte lange, bis er endlich einschlief.

Gefährliches Meer

Am nächsten Tag ritten sie gegen Mittag eine Straße am Meer entlang. Tom erinnerte sich, wie er damals gegen die Flut kämpfen musste, die Sepron, der Meereskönig, vor Wut erzeugt hatte. Jetzt sah man dem Land davon nichts mehr an.

„Sieh doch!", rief Elenna, als der Weg endete und das Meer vor ihnen lag. „Alle Fischerhütten sind wieder aufgebaut worden. Und es gibt viele neue Fischerboote!"

Tom freute sich über die neuen, gemütlichen Hütten und die hell gestrichenen Boote, neben denen sich Fischernetze auftürmten. Aber mit einem Mal runzelte er die Stirn.

„Wieso sind die Boote denn nicht draußen auf dem Meer?", fragte er. „Was ist hier los?"

Elenna hielt sich die Nase zu.

„Außerdem stinkt es nach verfaultem Fisch", sagte sie.

Weiter unten am Strand bemerkte Tom Rauch, der hinter einem Felsen aufstieg.

Als sie näher kamen, sahen sie Menschen, die um ein Feuer aus Treibholz hockten. Eine Frau schöpfte Suppe aus einem Eisentopf und verteilte sie in hölzerne Schalen. Alle Leute sahen traurig und elend aus.

Dann entdeckte Tom einen Jungen mit roten Haaren und Sommersprossen. „Calum!", rief er.

Der Junge blickte auf und sprang voller Freude hoch. „Tom!" Er umarmte erst Tom und dann Elenna, danach streichelte er Silver. „Wie schön, euch wiederzusehen!"

„Wir freuen uns auch", erwiderte Tom. Er würde niemals vergessen, dass Calum ihnen dabei geholfen hatte, Sepron, den König der Meere, von Malvels bösem Fluch zu erlösen.

„Warum sind die Fischer nicht mit ihren Booten auf dem Meer?", fragte Tom.

„Es ist zu gefährlich, aufs Meer hinauszufahren", erklärte Calum zögernd. „Ein paar Fischer sind gestern nicht wiedergekommen. Zwar sind einige Bootsreste an den Strand gespült worden, aber keiner weiß, was mit den Fischern passiert ist."

Tom warf Elenna einen kurzen Blick zu. Sie sah genauso verwirrt aus, wie er sich fühlte.

Sepron war doch befreit worden und sollte nun diesen Teil des Königreichs schützen. Was konnte da passiert sein?

„Warum sind die Fischer nicht wiedergekommen?", fragte er.

Ein Mann zeigte aufs Meer. Tom erkannte ihn, es war Calums Vater.

„Wegen der Wasserstrudel", erklärte er. „Sie sind seit ein paar Tagen in der Nähe der Felseninsel und keiner weiß, woher sie kommen. Nur Verrückte würden jetzt rausfahren."

„Oder Lindon", meinte ein anderer Mann.

„Wer ist Lindon?", fragte Tom.

„Ein eigensinniger Narr", antwortete der Mann.

„Er liebt die Gefahr", warf eine Frau ein. „Wie immer wollte er auch heute unbedingt mit seinem Schleppnetz fischen gehen. Bis jetzt ist er noch nicht zurück."

„Nur der Himmel weiß, warum er losgefahren ist", fügte Calums Vater grimmig hinzu.

„Wir fangen sowieso fast nichts mehr. Seitdem die Strudel da sind, gibt es kaum noch Fische."

„Einige sind sogar tot angespült worden", sagte Calum und zeigte zum Strand.

Tom betrachtete den Sand genauer. Zwischen den angespülten Algen entdeckte er einen silbrig glänzenden Fisch. Silver lief bis zum Wasser vor und beschnüffelte ihn. Dann nieste er kurz und drehte dem Fisch den Rücken zu.

„Silver! Komm zu mir!" Elenna kraulte den Wolf am Ohr, als er zu ihr kam. „Pass auf, wo du deine Nase reinsteckst!"

„Früher hatten wir hier viel Fisch", erklärte die Frau. „Aber wenn die Strudel nicht bald verschwinden, dann bleibt uns nur noch ein bisschen Gemüse zum Essen."

Calum blickte Tom hoffnungsvoll an. Er war der Einzige aus dem Fischerdorf, der wusste, dass Tom das Seeungeheuer Sepron von Malvels Fluch befreit hatte.

„Ich muss etwas herausfinden“, flüsterte Tom ihm zu. „Warte hier.“

Tom gab Elenna ein Zeichen und sie eilten zu Storm. Schnell zog Tom die magische Landkarte aus der Satteltasche. Er rollte sie aus und entdeckte einen goldenen Helm neben einer Felseninsel im Meer.

„Dort sind auch die Wasserstrudel!“, meinte Elenna besorgt. „Die Boote, die dort hinfahren, kommen nicht wieder zurück.“

Tom sah aufs Meer hinaus. „Ich habe keine Wahl“, entgegnete er. „Dies ist meine Mission und ich muss zum Strudel, um den Helm zu holen.“

Lindon

Tom steckte die Karte wieder in die Satteltasche. Als er sich zum Meer umdrehte, entdeckte er ein Fischerboot, das an einer Landzunge entlang zum Strand fuhr. Das Segel war schon geborgen.

„Das wird Lindon sein", vermutete er. „Vielleicht bringt er uns mit seinem Boot zu den Wasserstrudeln. Los, komm!"

Tom und Elenna rannten zum Ufer, Storm und Silver folgten ihnen. Als sie am Boot ankamen, sprang der Fischer gerade heraus und zog es zu den anderen Schiffen auf den Strand. Dann nahm er die Bastkörbe aus dem Kahn. Tom bemerkte sofort, dass sie nur sehr wenige Fische enthielten.

„Sind Sie Lindon?“, fragte Tom.

„Ja“, antwortete der Fischer und stellte den letzten Korb ab. Er war ein großer junger Mann mit strubbeligen dunklen Haaren. Sein Blick war hart und unfreundlich.

„Wer will das wissen?“

„Ich“, erwiderte Tom. „Ich muss dringend

aufs Meer hinaus. Können Sie mich mitnehmen?“

„Nur wenn der Preis stimmt“, meinte Lindon. „Wo willst du denn hin?“

„Dorthin.“ Tom zeigte auf die kleine Felseninsel.

Lindon hob verwundert die Augenbrauen. „Da gibt es starke Strudel. Das kostet extra.“

Tom und Elenna sahen sich kurz an. „Ich habe kein Geld, um Sie zu bezahlen", begann er. „Aber …"

„Das geht schon in Ordnung." Lindon starrte an Tom vorbei auf Silver. „Wie wäre es mit einem Handel? Euer Hund für die Fahrt?"

Elenna stellte sich vor den Wolf. Der Vorschlag, dass sie ihren treuen Freund hergeben sollte, machte sie wütend. Silvers Nackenhaare sträubten sich, als er leise knurrte.

„Das geht leider nicht", sagte Tom fest. „Gibt es nichts anderes, was Sie dafür haben möchten? Oder etwas, was wir für Sie tun können?"

Lindon kniff die Augen zusammen. „Was hast du dort überhaupt vor?", wollte er wissen.

Tom schluckte. Er durfte niemandem von seiner Mission erzählen. Die Menschen würden in Panik geraten, wenn sie wüssten, dass der böse Magier noch lebte und immer noch große Kräfte hatte.

„Ich muss etwas Wichtiges erledigen", antwortete Tom.

Lindon lachte. „Etwas Wichtiges?", wiederholte er. „Ein Junge wie du? Du musst schon mehr erzählen, wenn ich dir helfen soll."

Da erinnerte sich Tom daran, dass die Dorfleute angedeutet hatten, dass Lindon Gefahren gern in Kauf nahm. Vielleicht half es, wenn er erzählte, dass er eine Mutprobe zu bestehen habe.

„Ich möchte testen, ob ich es überlebe,

wenn ich in den Strudel tauche", log Tom und streckte seine Brust heraus. „Außerdem habe ich gehört, dass viele Fische gestorben sind. Vielleicht kann ich herausfinden, was sie tötet."

Lindon starrte ihn einen Moment lang überrascht an. Dann schüttelte er den Kopf und lachte. „Na gut, du scheinst genauso verrückt zu sein wie ich. Aber pass auf …", sagte er

und grinste. „Wenn du nicht wiederkommst, dann schnappe ich mir deinen Gaul." Er nickte Storm zu, der unruhig mit den Hufen scharrte. „Falls du es doch schaffst, dann gebe ich dir einfach nur die Hand und wünsche dir alles Gute." Lindon seufzte. „Wer weiß? Vielleicht kannst du tatsächlich herausbekommen, was mit unseren Fischen los ist. Wir werden alle verhungern, wenn das so weitergeht."

Tom streichelte Storms Hals. „Keine Sorge, mein Lieber, ich komme zurück", tröstete er ihn, aber trotzdem spürte er einen Knoten im Hals.

Tom hatte schon früher schlimme Gefahren überstanden, aber jetzt musste er Zefa besiegen und den goldenen Helm finden. Sollte es ihm nicht gelingen, verlor er sein Pferd oder sogar sein Leben. Noch weniger mochte er daran denken, was geschah, wenn die goldene Rüstung in Malvels Gewalt blieb.

Auf offener See

„Ich komme mit!“, rief Elenna.

„Nein“, meinte Tom. „Du musst hierbleiben und dich um Storm und Silver kümmern.“

Elenna biss sich auf die Lippen, dann nickte sie. Tom nahm sein Schwert ab und gab es seiner Freundin. „Vielleicht brauchst du es“, sagte er. „Mein Schild hängt an Storms Sattel. Die Menschen hier sind verzweifelt und könnten dich bedrohen. Außerdem wissen wir nicht, ob Malvel doch noch auftaucht.“

Elenna zögerte. „Brauchst du deine Waffen nicht selbst?“, fragte sie.

Tom wusste, dass er ohne Schild und Schwert sehr verwundbar war, aber er wollte Elenna auf keinen Fall unbewaffnet zurücklassen. Er würde sich auf seine Klugheit verlassen müssen. Daher nahm er Elennas Hand und legte sie um den Schwertgriff. „Ich schaffe das schon“, sagte er.

Doch dabei lief ihm ein kalter Schauer über

den Rücken. Er wusste noch nicht einmal, wer oder was Zefa war. Wie sollte er sich auf den Kampf gegen ein böses Biest vorbereiten, wenn er keine Ahnung hatte, wie es aussah?

„Willst du nun mit oder nicht?“ Lindons schroffe Stimme unterbrach seine Gedanken.

„Ja, ich komme!“, rief Tom und verdrängte seine Angst.

Elenna nahm seine Hand. „Viel Glück“, sagte sie.

Silver bellte ermutigend und Storm wieherte zum Abschied.

„Macht euch keine Sorgen. Ich bin bald wieder zurück“, versprach Tom.

Er half Lindon, das Boot ins Wasser zu schieben, dann kletterte er hinein. Lindon setzte das Segel und schon bald fuhren sie aus der Bucht hinaus.

Graue Wolken zogen am Himmel auf, während Lindon aufs offene Meer hinaussteuerte.

Der Wind wurde stärker und wirbelte das Wasser auf, sodass Tom und Lindon nass gespritzt wurden.

Tom klammerte sich an die Bootswand und starrte aufs Meer. Für einen Moment glaubte

er, dass weit unter der Wasseroberfläche eine dunkle Gestalt vorbeischwamm. Dann veränderten sich plötzlich die Wellen. Sie schienen wild im Kreis zu wirbeln, als ob sich etwas auf den Meeresboden schrauben wollte. Tom hielt den Atem an, als das Boot herumgeschleudert wurde. Der kreisförmige Strudel wurde immer größer – er und Lindon befanden sich mittendrin!

Lindon lachte. „Na, hast du schon Angst?", fragte er. „Willst du es dir noch mal überlegen?"

„Nein!“ Tom war fest entschlossen, sich nicht anmerken zu lassen, dass er sich fürchtete. „Gerade deswegen bin ich ja gekommen.“

Der Fischer grunzte nur und steuerte das Boot mit einem starken Ruck aus dem Wasserstrudel. Tom merkte, dass er ein erfahrener Seemann war. Trotzdem schaukelte das Boot gefährlich hin und her. Von allen Seiten schwappte Wasser hinein. Lindon lenkte das Boot weiter an den Rand der wogenden Wellen. „Ich warte hier auf dich“, sagte er. „Aber lass dir nicht zu viel Zeit. Sonst werde ich zurückfahren und mir dein Pferd schnappen!“

Tom kletterte auf den Bootsrand. Das Wasser wirbelte immer schneller und bildete einen riesigen Trichter, der tief ins Meer führte. Toms Herz klopfte rasend schnell, aber es gab kein Zurück. Er dachte daran, wie er damals ins Meer getaucht war, um Sepron zu besiegen.

„Ich muss es tun", flüsterte Tom.

Er atmete so tief ein, wie er konnte, und presste die Lippen zusammen.

Dann stürzte er sich ins Meer.

Im Strudel

Sofort wurde Tom in die Tiefe gesogen. Die Strömung erfasste ihn und er konnte nur hilflos im Kreis schwimmen. Er versuchte, die Orientierung zu behalten, aber nach ein paar Sekunden wusste er nicht mehr, wo oben und unten war.

„Ich ertrinke", dachte Tom panisch. War seine Mission schon jetzt vorbei?

Da spürte er einen stechenden Schmerz. Sein Arm war gegen etwas Hartes gestoßen.

Schnell griff Tom danach. Es war ein Felsen, der vom Meeresboden aufragte. Mit beiden Händen hangelte sich Tom an ihm entlang, sodass er dem mächtigen Strudel entkam.

Als er sich umsah, entdeckte Tom ein Korallenriff, das sich weit in die Ferne ausdehnte. Dann fiel sein Blick auf ein schwaches Glänzen. Der goldene Helm! Er steckte auf einem Felsen.

Tom hatte noch nie so einen schönen Helm gesehen. Er war wie ein Adlerkopf geformt, das Visier sah aus wie ein Schnabel und in seine Goldoberfläche war ein Muster aus Federn eingeritzt.

Schnell stieß er sich vom Stein ab und tauchte zum goldenen Helm. Aber als er nach ihm greifen wollte, bewegte sich dahinter etwas. Ein dunkler Schatten kam hervor. Er war so riesig, dass Tom einen Moment brauchte, um einen Kopf zu erkennen. Dann sah er große Augen, die ihn anstarrten, und ein entsetzliches Maul. Ein paar Sekunden später folgten der Körper sowie unglaublich viele Fangarme. Unter der durchscheinenden Haut des Wesens sah Tom drei pumpende Herzen.

Das musste Zefa sein: ein Monster-Tintenfisch!

Dies war also das Biest, das alle Fische tötete. Deswegen mussten die Dorfbewohner hungern. Tom erstarrte vor Schreck. Konnte er so ein Ungeheuer überhaupt besiegen? Allein die Augen waren größer als Toms Kopf und das Maul des Biests würde ihn auf einen Happen verschlingen.

Bevor Tom den Helm nehmen konnte, griff der Tintenfisch mit seinen schlängelnden Fangarmen nach Tom.

Toms Brustkorb schmerzte, weil er den Atem schon so lange anhalten musste. Als er sich durch das Wasser quälte, um den Greifarmen zu entkommen, entwich ihm wertvolle Luft.

Wie sollte er das hier lebendig überstehen?

Unerwartete Hilfe

Tom holte kräftig mit den Beinen aus. Er wollte nach oben tauchen, solange noch etwas Luft in seinen Lungen war. Als er mit dem Kopf aus dem Wasser schoss, keuchte und spuckte er. Dann endlich konnte er tiefe Atemzüge nehmen. Blinzelnd sah er sich um und entdeckte Lindons Boot, das einige Meter entfernt auf den Wellen schaukelte. Vorsichtig schwamm Tom um den Strudel. Als er das Boot erreichte, beugte sich Lindon vor und half ihm an Bord.

„Ich dachte schon, dass ich dich nie mehr wiedersehen würde", sagte Lindon anerkennend und schüttelte Toms Hand. „Dann kannst du dein Pferd behalten."

Neugierig blickte er Tom an. „Was hast du da unten gesehen?", wollte er wissen.

„Etwas Schreckliches. Bringen Sie mich zum Ufer!", keuchte Tom. „Wir müssen Elenna holen."

Lindon sah Toms entschlossenen Blick und nickte nur. Er zog eilig an den Seilen und schon bald segelte das Boot auf den Strand zu. Dort wartete Elenna, mit Schwert und Schild in den Händen, auf Toms Rückkehr.

Sie warf die Waffen hin und umarmte Tom, nachdem er aus dem Boot geklettert war. Silver hüpfte aufgeregt um sie herum und begrüßte Tom bellend.

„Du bist zurück", sagte sie erleichtert. „Aber wo ist der Helm?"

„Der liegt tief unten im Meer“, erklärte Tom. „Er wird von einem riesigen Tintenfisch bewacht.“

„Zefa ist ein Tintenfisch?“

„Ja. Ein Monster.“ Zögernd fügte er hinzu: „Ich weiß nicht, ob ich ihn besiegen kann.“

„Natürlich kannst du das!“, widersprach Elenna und machte ihm Mut. „Wir beide werden es schaffen.“

Ihre Tapferkeit und Treue beeindruckten ihn immer wieder aufs Neue.

Er drehte sich zu Lindon um, aber der Fischer war bereits mit seinem Fang zum Lagerfeuer unterwegs.

„He!“, rief Tom. „Sie müssen mich noch einmal rausfahren.“

Lindon schüttelte seinen Kopf. „Für heute habe ich genug gefährliche Sachen unternommen", antwortete er. „Ich fahre nicht mehr raus. Tut mir leid." Er ging zur Feuerstelle.

Elenna und Tom sahen sich an. Tom dachte daran, allein mit Elenna loszufahren. Er wusste, dass sie eine gute Seglerin war.

„Wir könnten das Boot doch einfach ausleihen", flüsterte sie.

„Genau wie beim letzten Mal, als wir Sepron befreit haben", sagte Tom. „Es dient einem guten Zweck und wir haben keine andere Wahl."

Als niemand hinsah, zog Tom seinen Schwertgurt fest und legte den Schild in das Boot. Als sie hineinkletterten, jaulte Silver traurig auf.

„Na gut. Du darfst mit", meinte Elenna.

Silver spitzte die Ohren und sprang mit einem gewaltigen Satz ins Boot, sodass es beinahe umkippte.

Während Elenna das Boot aufs Meer hinaussteuerte, kehrte Toms Angst zurück. Er stellte sich vor, wie Zefas riesige Fangarme aus dem Wasser schnellen und das Boot in die Tiefe reißen würden. Dann würden sie ertrinken.

„Willst du wirklich mitkommen? Elenna, es ist sehr gefährlich. Zefa ist …", begann er.

„Klar helfen wir dir, nicht wahr, Silver?", sagte Elenna gelassen.

Silver bellte zustimmend.

„Aber du hast Zefa noch nicht gesehen. Er ist schrecklich!"

Beinahe hätte Tom Elenna gebeten umzukehren, doch plötzlich bemerkte er einen bläulich schimmernden Nebel direkt vor ihrem Boot. Bald war Aduro zu erkennen. Wie schon so oft zeigte sich der Zauberer mithilfe eines magischen Bildes.

„Gib die Hoffnung nicht auf, Tom!“, sprach Aduro und lächelte. „Hast du etwa vergessen, was du mit dir trägst?“

„Was meinst du?“, fragte Tom.

„Nachdem du Sepron befreit hattest, schenkte er dir einen Zahn, den du in deinen Schild gesteckt hast", erklärte Aduro.

„Natürlich!", rief Tom. Daran hatte er überhaupt nicht mehr gedacht.

„Wenn du an dem Zahn reibst, dann kommt Sepron dir zu Hilfe", fuhr Aduro fort. „Aber merke dir: Er darf Zefa nur angreifen, um dich, einen Bewohner Avantias, zu schützen."

Aduros Gestalt löste sich langsam wieder auf. „Viel Glück", sagte er noch, bevor er völlig verschwunden war.

Tom schnappte sich den Schild und rieb mit seinem Daumen kräftig an Seprons Zahn.

Zuerst geschah gar nichts. Hatte sich der Zauberer etwa geirrt? Oder war Sepron so weit weg, dass er diesen Hilferuf nicht bemerkte?

Während sie weiter auf das Meer hinaussegelten, lehnte sich Elenna über die Bootswand. „Da unten bewegt sich etwas!“, rief sie.

Toms Magen zog sich zusammen. Plötzlich schob sich eine gewaltige Schlange aus dem Meer. Glitzernd perlte Wasser von den grünen Schuppen. Tom war außer sich vor Freude, als er in Seprons glänzende Augen blickte.

Elenna lachte. „Es hat geklappt!“

Seprons mächtiger Körper glitt über das Boot, dann tauchte er auf der anderen Seite wieder unter.

Obwohl Tom ihn nicht mehr sehen konnte, wusste er, dass er dort unten war, um sie zu beschützen.

Da bemerkte Tom das aufgewühlte Wasser am Rande eines Strudels. Jaulend tappte Silver im Boot auf und ab.

„Er spürt, dass irgendetwas nicht stimmt", flüsterte Elenna ängstlich.

Tom nahm seinen Schild und kletterte auf den Bootsrand, Elenna setzte sich neben ihn.

„Ich lenke Zefa ab“, erklärte Tom. „Wenn er hinter mir herjagt, holst du dir den Helm und schwimmst, so schnell du kannst, zum Boot zurück.“

Elenna nickte.

Tom starrte in den Strudel. Knapp unter der Oberfläche zog Sepron seine Kreise und wartete auf sie.

„Du bleibst hier, Silver!", befahl Elenna ihrem Wolf. Silver bellte kurz, aber er ließ sich gehorsam nieder und legte seine Schnauze auf die Pfoten.

„Jetzt!", rief Tom.

Gemeinsam stürzten sie sich in den Wasserwirbel.

Zefas Zorn

Tom wurde vom Gewicht seiner Waffen schnell hinuntergezogen, bis er den Meeresgrund erreichte. Als er hochblickte, entdeckte er Elenna und Sepron über sich.

Schon bald fand Tom das Korallenriff wieder, wo der goldene Helm im schwachen Licht glitzerte. Er gab Elenna ein Handzeichen. Sie streckte beide Daumen hoch und näherte sich dem Helm.

Plötzlich ragte Zefas riesige Gestalt hinter

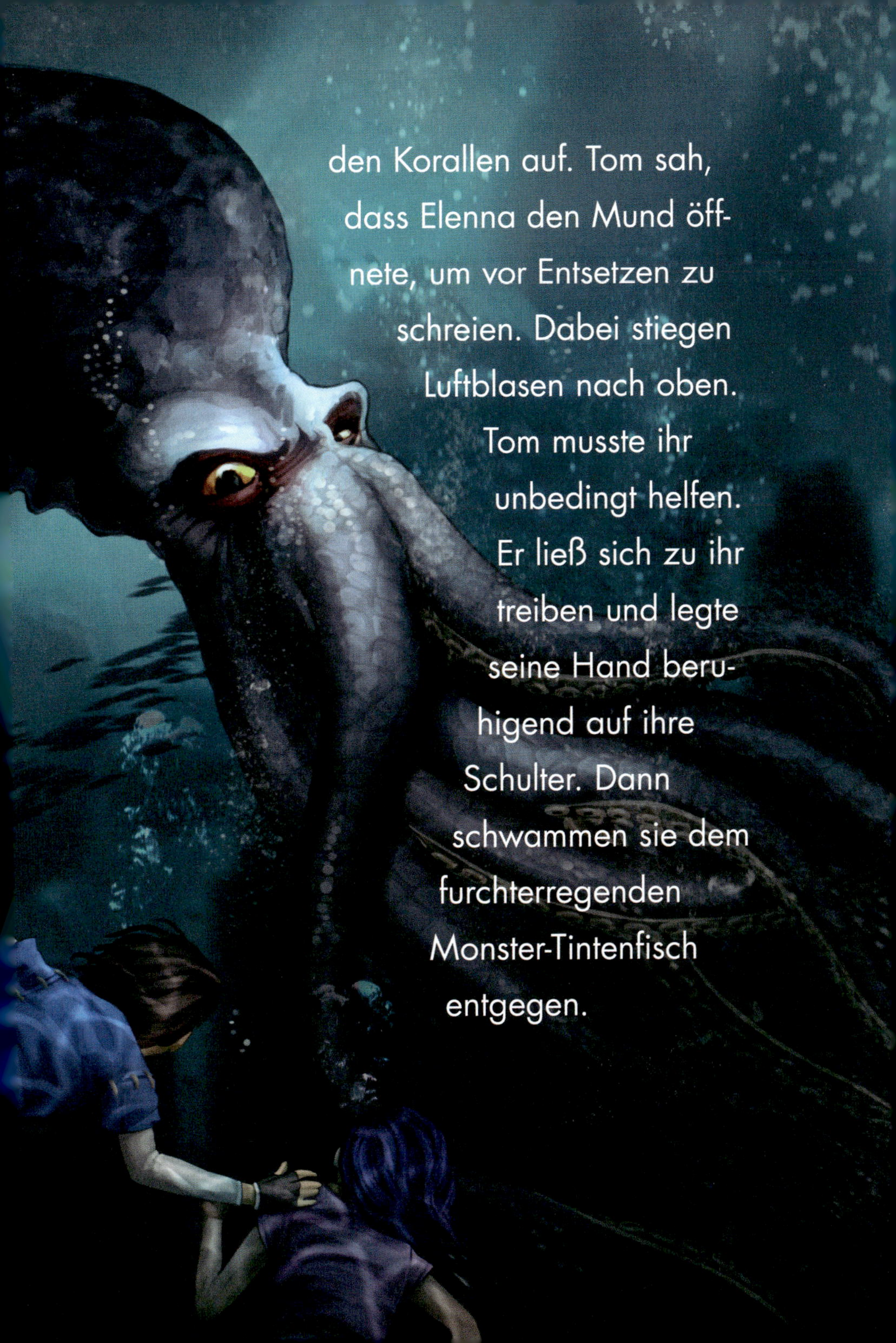

den Korallen auf. Tom sah, dass Elenna den Mund öffnete, um vor Entsetzen zu schreien. Dabei stiegen Luftblasen nach oben. Tom musste ihr unbedingt helfen. Er ließ sich zu ihr treiben und legte seine Hand beruhigend auf ihre Schulter. Dann schwammen sie dem furchterregenden Monster-Tintenfisch entgegen.

Als sie näher kamen, konnte Tom sehen, dass die langen Fangarme in der Strömung sanft hin und her schwangen. Zefa hatte sich eingerollt und schien zu schlafen. Doch Tom ahnte eine Falle.

Schnell drehte Elenna zum Helm ab, während Tom trotz der Gefahr dichter an das Biest heranschwamm. Er wollte das Monster ablenken. Tom hoffte, dass Zefa ihm folgen würde, damit Elenna freie Bahn hatte. Als er aber seine Richtung änderte, schoss plötzlich ein Fangarm hervor und wickelte sich um seinen Fuß.

Wütend trat Tom nach dem Biest und versuchte sich zu befreien. Elenna kam auf ihn zu, um ihm zu helfen, aber er zeigte mit seinem Finger immer wieder zum goldenen Helm.

Tom spürte, wie der Griff des Fangarms enger wurde. Sein Fuß fühlte sich schon ganz taub an. Unzählige Male trat er nach den Fangarmen und bemühte sich, an die Wasseroberfläche zu gelangen, doch der Tintenfisch hielt ihn fest. In diesem Moment sah er Elenna mit einem Messer in der Hand direkt hinter dem Biest. Die Klinge blitzte kurz auf, als Elenna das Messer mit voller Kraft in Zefas muskulösen Fangarm stieß.

Vor grenzenloser Wut über Elennas Messerattacke weiteten sich die Augen des Biests. Tom spürte, wie sich der Klammergriff lockerte. Er schnappte sein Schwert immer wieder und schlug auf den Fangarm ein. Rotes Blut vermischte sich mit dem Meerwasser. Endlich gelang es Tom, den kräftigen Arm des Tintenfischs zu durchtrennen. Das Biest zuckte wild vor Schmerzen. Tom war wieder frei – jedenfalls für einen Augenblick.

Schnell schwamm er von Zefa weg, aber der Tintenfisch jagte Tom hinterher. Der Abstand zwischen ihnen verringerte sich beängstigend rasch. Da erblickte Tom auf einmal Sepron, der ihnen entgegenglitt. Seine Schuppen glitzerten und seine Augen funkelten zornig. Das gute Biest riss seinen Rachen weit auf und schnappte wütend nach Zefa. Dann bohrten sich seine Zähne tief in die Haut des Tintenfischs.

Zefa wand sich vor Schmerz und spritzte Tinte in Seprons Gesicht. Die Meeresschlange konnte nichts mehr sehen und warf sich von einer Seite auf die andere, während die Tintenwolke immer dichter wurde. Seprons Biss löste sich, als er versuchte, in klares Wasser zu gelangen.

Kaum hatte Zefa sich befreit, raste er hinter Tom her. Seine Fangarme peitschten durch das Wasser und wühlten es so sehr auf, dass Tom von den Wasserwirbeln umhergeschleudert wurde. Wo war bloß Elenna? Er konnte sie nicht mehr sehen!

Tom nahm seine letzte Kraft zusammen und griff Zefa mit dem Schwert an. Er zielte genau auf die drei Herzen, die durch die Haut des Tintenfischs zu erkennen waren. Aber ein Fangarm schlug ihm einfach das Schwert aus der Hand. Entsetzt sah Tom, wie es in die Tiefe fiel und von der Dunkelheit verschluckt wurde.

Er fühlte sich machtlos. Sepron konnte ihm nicht helfen und Elenna war verschwunden. Vor Erschöpfung tat ihm alles weh und die Luft ging ihm aus. Verzweifelt tauchte er nach oben. Doch er schwamm nicht schnell genug, um zu entkommen.

Mit aufgesperrtem Rachen kam Zefa auf ihn zu. Seine Augen glänzten und blitzartig schlang sich ein Fangarm um Toms Hüfte. Voller Entsetzen merkte Tom, dass Zefa ihn näher und näher zu sich heranzog. Tom hielt ihm seinen Schild entgegen, aber Zefas Maul stand so weit auf, dass es den Schild und Tom verschlingen würde.

Malvel schien diesmal gesiegt zu haben. Tom konnte nichts mehr tun.

Gewonnen?

Plötzlich wirbelte das Wasser auf und Elenna glitt an Tom vorbei. In der einen Hand hielt sie sein Schwert und in der anderen das Messer. Furchtlos stürzte sie sich auf Zefa und rammte das Schwert in sein geöffnetes Maul, sodass das Biest es nicht mehr schließen konnte. Die hervorquellenden Augen des Tintenfischs funkelten vor Wut. Er ließ Tom plötzlich los und all seine Fangarme griffen nach Elenna, die sich jedoch schnell wegdrehte und davonschwamm. Jetzt war Zefa abgelenkt. Tom wollte diesen Augenblick nutzen.

Er hatte nicht viel Zeit, denn das Schwert würde Zefa nicht lange aufhalten. Wo war bloß der Helm? Er schaute in die dunkle Tiefe, aber nirgendwo sah er das goldene Glitzern. Stattdessen entdeckte er Sepron, der durch das Wasser schlängelte. Das gute Biest war aus der Tintenwolke herausgetaucht und starrte Zefa zornig an. Die Meeresschlange steuerte direkt auf den riesigen Tintenfisch zu.

Dann schoss Sepron hinab und ringelte sich blitzschnell um den Körper des Monsters. Diesmal passte er auf, dass Zefa ihm keine Tinte ins

Gesicht spritzte oder ihn mit seinen Fangarmen erwischte. Erstaunt bemerkte Tom, dass Zefas Gestalt immer undeutlicher wurde. Er drehte sich zu Elenna um, die auf ihn zukam, und zeigte aufgeregt auf den Tintenfisch.

Dann beobachteten beide etwas Seltsames. Während das böse Biest um sein Leben kämpfte, bewegte sich etwas unter seiner Haut.

Plötzlich zersprangen die drei Herzen des Monsters in unglaublich viele kleine Stücke. Zefas Haut platzte auf und zerriss wie Papier. Tausende winziger Tintenfische schossen hervor und schwammen davon. Tom und Elenna sahen, wie Zefas Hautfetzen in die Tiefe sanken.

Vom Monster-Tintenfisch blieb nichts mehr übrig.

Elenna schnappte sich Toms Schwert, das eben noch in Zefas Maul gesteckt hatte. Tom schwamm hinter ihr her und suchte den Helm, als er ein goldenes Leuchten bemerkte.

Aber er war viel zu erschöpft, um weiterzutauchen. Seine Beine fühlten sich schwer wie Blei an. Außerdem hatte er keine Luft mehr in den Lungen und sein Brustkorb schmerzte höllisch. Elenna fühlte sich genauso. Mussten sie nun, nach all dem, was passiert war, aufgeben?

Doch da glitt Sepron unter ihnen entlang und richtete sich so auf, dass Elenna und Tom sich an seinem schuppigen Körper festhalten konnten. Erleichtert umarmten sie ihren Freund, der zur Wasseroberfläche schwamm.

Als sie am Korallenriff vorbeikamen, brauchte Tom den Arm nur auszustrecken, um sich den Helm zu nehmen. Sepron erhob sich direkt neben dem Boot aus dem Wasser. Elenna und Tom hielten sich noch kurz an ihm fest und atmeten frische Luft ein. Silver sprang auf und stellte seine Vorderpfoten auf den Bootsrand. Dabei bellte er vor Freude.

Dann neigte sich die Meeresschlange etwas nach unten, sodass Tom und Elenna ins Boot klettern konnten. Silver drückte sich an Elenna und stupste sie an.

„Danke, Sepron!", rief Tom außer Atem.

Er beugte sich weit vor und klopfte auf die glänzenden Schuppen der Schlange. „Ohne dich hätten wir es nicht geschafft!"

Sepron blickte sie nacheinander an, bevor er wieder untertauchte. Als er ins offene Meer hinausschwamm, konnte Tom ein letztes Mal die Schwanzspitze seines Freundes sehen.

„Endlich", stöhnte Tom erschöpft. „Wir haben den Helm."

„Na los, setz ihn auf!", rief Elenna.

Tom zögerte einen Moment und drehte den Helm in den Händen. Das Gold strahlte. Tom sah auf den ersten Blick, dass er sorgfältig

geschmiedet war. Weil er schon oft in der Schmiede seines Onkels mitgeholfen hatte, konnte er das gut beurteilen.

War dieser Helm wirklich für ihn? Hatte er es wirklich verdient, eine Rüstung zu tragen, die früher dem Meister der Biester von Avantia gehört hatte?

„Mach schon!", drängte Elenna.

Vorsichtig setzte Tom den Helm auf. Sofort spürte er, dass er sich seinem Kopf anpasste.

Tom stockte der Atem. Er konnte jetzt viel schärfer sehen! Der Helm schien seine Sehkraft zu verstärken. Er sah die Menschen an der Küste ganz genau: Calums Vater reparierte ein Fischernetz, Lindon hockte am Feuer

und trank aus einer Schale. Etwas weiter vom Feuer entfernt entdeckte er Calum und Storm vor den Bäumen.

„Wahnsinn!", rief er. „Ich kann alles deutlicher sehen. Jede Kleinigkeit dort drüben am Strand. Ach, wenn nur mein Vater hier wäre!"

„Er wäre sehr stolz auf dich", meinte Elenna.

Die beiden umarmten sich. Tom jubelte innerlich. Die erste Aufgabe der neuen Mission war geschafft! Er hatte den Helm zurückerobert und war fest davon überzeugt, dass es nicht lange dauern würde, bis er den Rest der goldenen Rüstung gefunden hätte.

„Lass uns zum Ufer zurückfahren", sagte Elenna lächelnd und setzte die Segel.

Als sie die Hälfte des Weges hinter sich hatten, erschien ein zweites Mal der vertraute blaue Nebel vor ihnen. Aduro schien wieder

über den Wellen zu schweben, aber diesmal war er nicht allein.

Hinter ihm stand Malvel, der einen schmalen, mit Juwelen besetzten Dolch an den Hals des Zauberers hielt. Aduros Gesicht war wie versteinert, als ob er zeigen wollte, dass er sich nicht einschüchtern ließ. Tom verstand überhaupt nicht, was da vor sich ging. „Lass ihn in Ruhe!“, brüllte er Malvel zu.

„Aha, du hast also den goldenen

Helm", erwiderte der böse Magier mit einem gemeinen Grinsen. „Aber der wird dir nichts nützen, denn jetzt habe ich deinen Zauberer-freund Aduro in meiner Gewalt!"

„Das glaube ich nicht!", rief Tom. „Du willst uns täuschen. Niemals könntest du Aduro gefangen nehmen. So viel Macht hast du nicht!"

„Bist du dir da so sicher?" Malvel drückte mit der Spitze des Dolchs gegen Aduros Hals. „Erzähle es ihnen, du Narr!"

„Tom, Elenna … es ist leider wahr!", gab der Zauberer zu. „Ich war dumm und habe Malvels Kräfte unterschätzt."

„Wir werden dich befreien!", erwiderte Tom trotzig.

Malvels grausames Lachen schallte ihm entgegen. „Ihr könnt es ja mal versuchen."

Tom griff nach Aduro, aber seine Hand fasste ins Leere. „Sag mir, was ich tun soll."

„Es gibt nur eine Möglichkeit", sagte Aduro. „Ihr müsst alle Teile der Rüstung finden und vereinen."

„Niemals lasse ich das zu", unterbrach ihn Malvel, während er den Dolch weiter an Aduros Hals hielt. „Beim nächsten Biest wirst du scheitern! Clark werdet ihr nicht besiegen können!"

„Wir werden es schaffen", schwor Tom. „Wir werden Aduro befreien und dich ein für alle Mal besiegen!"

„Ich halte durch", versprach Aduro mit fester Stimme, obwohl er blass aussah. „Ihr müsst die Mission vollenden!"

Malvels Gelächter erklang erneut, während sich das Bild auflöste.

Schockiert blickten Tom und Elenna sich an. Ihr Siegesgefühl war vollkommen verschwunden.

Als sie das Ufer erreichten, näherte sich Calum mit Storm. Tom hatte sich schon gefragt, wie er Lindon erklären sollte, warum sie sein Boot geliehen hatten. Aber zum Glück war der Fischer nirgends zu sehen. Tom sprang aus dem Boot, nahm Storms Zügel und streichelte den Nasenrücken des Hengstes.

„Vielen Dank", sagte er zu Calum.

Dann blickte er aufs Meer hinaus. „Ihr könnt wieder beruhigt fischen gehen", fügte er hinzu.

Calums fester Blick ruhte auf ihm. „Ich werde keine Fragen stellen, Tom", sagte er dann. „Ihr habt uns schon einmal gerettet und das genügt mir." Er beugte sich vor und gab Silver einen freundschaftlichen Klaps. „Ihr seid herzlich eingeladen bei mir und meiner Familie."

„Vielen Dank, aber leider können wir nicht bleiben", erwiderte Tom bedauernd. „Wir müssen dringend weiter."

„Schade", meinte Calum. „Hoffentlich

besucht ihr uns bald einmal wieder. Ihr werdet hier immer Freunde haben."

Tom griff sein Schwert und seinen Schild. Er und Elenna stiegen auf Storms Rücken.

„Leb wohl!", verabschiedete sich Elenna.

„Auf Wiedersehen!", rief Calum. „Viel Glück!"

Storm trabte den Strand hinunter, um einen Weg zu suchen, der sie zurück ins Landesinnere brachte.

Tom hatte das Gefühl, als ob ein Riesengewicht auf ihm lastete.

„Diese Mission ist sehr wichtig", sagte Tom.

„Ja", bestätigte Elenna. „Aduro ist in Gefahr und auch das ganze Königreich."

Tom nickte, denn er wusste, dass sie recht hatte. Sie mussten die goldene Rüstung so schnell wie möglich finden, um Aduro zu helfen. Würden sie es schaffen?

„Solange Blut in meinen Adern fließt, werde ich nicht aufgeben!", schwor Tom.

Das will ich lesen!

Band 6
ISBN 978-3-7432-0281-8

Band 8
ISBN 978-3-7432-0771-4

Begleite Tom und Elenna auf ihrer Mission.

Das Königreich Avantia schwebt in großer Gefahr! Nur Tom, der Auserwählte, kann es auf seiner gefährlichen Mission vor dem Untergang bewahren.

Loewe
Das will ich lesen!

Der Wald des Grauens
Das westliche Meer
Die rote Wüste